KB064577

별들은 여름에 수군대는 걸 좋아해

별들은 여름에 수군대는 걸 좋아해

아프리카 코이산족 채록 시집

코이코이족, 산족 지음
W. H. 블리크 채록
이석호 옮김

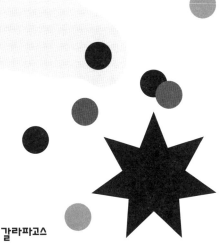

갈라파고스

차례

1. 별들은 여름에 수군대는 걸 좋아해

3. 우리는 별이야 하늘을 걸어야만 해

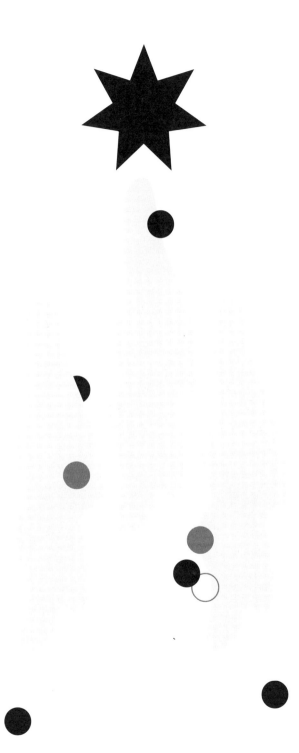

1

별들은
　　　　여름에

수군대는 걸
　　　　　좋아해

일러두기

○ 이 책에 실린 시들은 채록집『부시먼 민담집Specimens of Bushman Folklore』(1911)
  에서 옮겨 왔다.

○ 각 수록시의 제목은『부시먼 민담집』의 내용을 채록하고 옮긴 W. H. 블리크가 붙
  인 제목을 그대로 사용하거나 새롭게 붙였다.

말하는 별들

할아버지 오두막에서 잠을 잘 때마다
난 늘 그 곁에 앉아 있곤 했지
밖은 추웠어
난 할아버지에게 묻곤 했지
내가 들은 소리의 정체에 대해
꼭 누군가 말하는 소리처럼 들렸거든
할아버지는 말씀하셨지
별들이 수군대는 소리라고

별들이 '차우!'라고 수군대는구나
'차우! 차우!'라고 말이야

할아버지는 별들이 스프링복의 눈을
저주하고 있다고도 말씀하셨지

이 소리는 별들이 내는 소리야
별들은 여름에 수군대는 걸 좋아한단다

할아버지 집에 갈 때마다 난,

별들이 하는 말을 들었지
그 소리, 별들이 말하는 소리를 난,
정말 들을 수 있었어
챠찌 할아버지는 말씀하셨지
내가 들은 소리는
별들이 스프링복의 눈을 저주하는 소리였다고
그래야 우리가 사냥을 잘 할 수 있다고
그래야 우리가 짐승을 더 잘 잡을 수 있다고

차츰 자라 나는 어른이 되었고
동시에 사냥꾼이 되었지
나는 별들이 수군대는 소리를 들을 줄 아는 사람이었어
지금도 그 소리가 들려
아무 데나 앉아도
가까이 다가오는 그 소리를 들을 수 있어
차우라고 부르는 별들의 음성과
차우! 차우!라는 메아리를

비를 부르는 무당

그는 우리 식구였어

우린 그를 ▲쿤°이라 불렀네

그는 비를 부르는 사람이었지

그리고 종종 비를 내리게 했지

그는 비의 머리카락을 만들어

부드럽게 흘러내리게도 했지

비에게 두 다리를 만들어주고는

든든한 기둥처럼 흐르게도 했지

또 가끔은 구름을 불러 세워놓고

한바탕 연설을 늘어놓기도 했어

그는 정말 비를 부르는 무당이었어

▲쿤은 비를 서쪽에서 몰고 오기도 했어

언젠가 그는 북쪽에 살았지

산속의 부시면으로 살았지

그 시절 서쪽에서 몰아치던 비가

북쪽으로 방향을 바꾸기도 했지

▲쿤은 비를 만들 수도, 그 비를 움직일 수도 있어

그가 살고 있는 곳, 산속으로

우리 집 식구였어

비를 부르던 그 무당은

그는 북쪽에, 우리는 동쪽에 살았지

그의 아비도 어미도 우리는 몰라

▲쿤은 그때 이미 늙었고, 나는 어렸어

그는 그때 너무 늙었어

죽은 지도 꽤 되었지

비를 짐승 잡듯 하던

그는 더는 춤을 추지 않아

심장도 더는 뛰지 않아

물동이 속으로

비라는 황소도 나르려고

이제 막 깨어나는 비를.

그는 더는 비를 뿌리지 않아

잔뜩 웅크린 집들 너머로

뿌린 살과 피와 젖이 비이기에

그는 내가 아는 마지막 무당이었어

비를 부르는 무당이었어

진정한 최후였지

우린 그를 ▲쿤이라 불렀네

비를 만드는 사람이자

비의 향기를 주재하는 자였지

물을 가지고 노는 무당이자

풀의 향기를 관장하는 사람이었어

비의 머리칼을 다듬는 자이자

구름을 호령하는 사람이었지

○ 이름 앞에 붙은 "▲"는 산족 특유의 발성음인 흡착음의 강도를 표시하는 기
호로 붙였다. 흡착음이란 혀를 입천장에 붙여 내는 소리인데, 혀를 끌끌 찰
때 나는 소리와 비슷하다. 알파벳 중심의 서구 언어 체계로는 표현할 수 없
는 소리로, 이 책에서는 산족 고유의 언어적 특징을 드러내고 소리 중심의
코이산족 시 전통을 담아내기 위해 사용했다. 강도가 약하면 "▲"으로, 보다
강하면 "▲"으로 표기했다.

새 떼들

바로 거기, 먼 곳에 ▲카보가 한때 살았네
춤을 추던 무당은 접신을 하곤 했지
더 이상 인간이 아닌 체하던 무당들은
갑자기 새 떼로 변해버렸고
우리는 그들이 정말
그 새 떼들이었다고 믿곤 했지

▲카보가 있던 곳, 그 먼
지금은 더욱 먼 곳에서
무당 하나가 우리를 죽이려 했다지
흉측하게도
그자가 자칼로
변신을 했다지
우리는 그 요술쟁이들이 진짜 자칼인 줄 알았어
우리는 그런 곳을 살았고
거기서 인간은 무엇이든 될 수 있었지

우리는 그런 때를 살았고
거기서 인간은 새 떼가 될 수 있었지

달과 깃털

이제 더듬더듬 길을 내며
눈이 먼 오배자五倍子가
어둠 속을 더듬거릴 때
만티스가 마침내 보게 되었지
자기 입속에 있던 이것을
그는 그걸 씹어 삼키고는
그 깃털보는 딱딱하게 굳은
자기 눈을 씻었지
그는 깃털 하나를 들어
높이 뿌리며
이렇게 말했지

너는 거기에 항상 있게 되리라
저 지평선 너머에
그리고 달이 되어
빛을 뿜게 되리라
우리 모두를 위해 빛나고
밤의 어둠을 갈아치우리라
매일 밤 불을 밝히는 자가 될 것이고

어둠을 줄여 사람들을 살게 할 것이라

태양은 빛을 달고
우리 주위를 도는 자라
낮에는 열기를
한나절의 빛을 배달하리라
이 빛 위를
사람들은 걷게 되리라
우리들 머리 위에 있는
이 빛 속에서
사람들은 사냥을 하리라
우리들 머리 위에 있는
이 태양 아래서
우리는 집으로 가게 되리라

그러나 너는 달이라
추락으로
그 추락으로 온몸이 깨어지면서
네 빛을 우리에게 주노니
너는 다시 살게 되리라
이것이 네가 해야 할 일이 되리라
항상 어딘가로 추락하여
사라지게 되리라

그러다가 다시 부활하고

다시 살아나

우리 인간들에게

빛을 뿌리게 되리라

너는 달이라

이것이 달의 운명이 되리라

○ 붉나무의 유아 또는 잎자루가 속에 있는 면충인 진딧물(오배자면충)에게 상
처를 입어 그 반응으로 생긴 혹 모양의 충영을 이른다.
◇ 산족 민담에 자주 등장하는 주인공이다.

새로 뜬 달님에게 바치는 노래

새로 뜬 달님이시여
새로운 얼굴로 돌아온 달님이시여
제 얼굴과, 이 삶을, 부디 받아주시어
더 어린 당신의 얼굴을 제게 허락하세요
생명력이 넘치고 새로 태어난 듯
막 피어오르는 얼굴을

오, 달님이시여, 제게 허락하세요
당신이, 죽음으로, 다시 가져온 그 얼굴을

달님은 더는 제 눈에 보이지 않지만
영원히 사라진 것은 아니지요
다시 돌아올 테니까
옛날과 마찬가지로 부디 저를 위해 그렇게 계셔주세요
제가 당신이 될 수 있도록

제게 허락하세요, 오, 달님이시여
당신이, 죽음으로, 새롭게 만들어낸 그 얼굴을

달님은 새로 태어나면서 말씀하시지
죽어가는 저 달은 다시 돌아온다고
당신의 얼굴은 돌아오면서 말씀하시지
내 얼굴은 죽음으로 살게 될 것이라고

오, 달님이시여, 제게 허락하세요
당신이, 당신의 죽음으로, 새롭게 만드신 얼굴을!

은하수를 만든 소녀

별들이 등을 돌려, 하얘
별들이 등을 돌려, 새벽을 향하면
별들은 늘 등을 돌려
새벽 마실을 나가지
그래도 별들은 하늘에 남아
저 수평선 너머에서
창백한 얼굴로
잠시 숨을 고르지
그러곤 새하얀 얼굴이 되어
다른 별들이 남긴 발자국을 따라
이내 제 길을 가지
그 길은 별이라면 모두
뜨고 지기 위해
가야만 하는 길이지

어머니가 말씀하셨어
한 소녀가 별들의 운명을 이렇게 만들었다고
소녀는 초기 인류에 속하는데
아파 누워 있던 집에서

제 어미에게 단단히 골이 나
칡뿌리가 너무 먹고 싶었는지
어느 날 갑자기 벌떡 일어나더니
두 손에 온통 재를 움켜쥐었다지
그러곤 그 재를 하늘에 대고 뿌리더니
흩날리는 재들에게 이렇게 말하더래

방금 내 손에 갇혀 있던, 나무의 재들아
너희들은 내가 말하는 대로 될 거야
부디 은하수가 되어라
거기, 하얀 야주호夜週弧°에 누워
여러 하늘을 뱅뱅 돌아라
나뭇재처럼 하얀 얼굴로
다른 별들과 멀찌감치 떨어진 채로
한때 나무의 재였던 너희들은
이제 은하수가 될 거야
그래서 별들을 데리고 뱅뱅 돌아라
네 주변의 별들과 함께
그 별들은 다른 별들과 함께 돌며
등을 돌리고
그렇게 제 길을 가야만 할 거야!

그리하여 별들은 등을 돌려

새벽을 데리러 가지
은하수는 거기에 누운 채로
소녀가 처음으로 재를 뿌렸던 그 자리로
늘 되돌아와야만 한다지
소녀가 그렇게 은하수를 만든 뒤로
우리가 태어나기 전까지 그 오랜 시간 동안
하늘은 거기에 꼼짝도 하지 않고 있었어
하지만 별들은 하늘 반대쪽으로 계속 움직여
태양이 지나간 길을 따라서
자기들 운명의 무대를 향해간 거야
한마디 말도 나누지 않으면서 그 별들은
하늘을 등지고 흐른 거지
그렇게 소리 없이 흐른 거지
자기에게 주어진 길을 묵묵히 따라서
등을 돌려 새벽을 맞으며
해가 먼저 깨는 새벽이 올 때마다
얼굴이 하얗게 변한 채로

그 소녀, 초기 인류 중에서도 최초의 소녀였던 그 애가
나뭇재를 한 아름 손에 쥐고
하늘에 대고 그 재를 뿌린 뒤로
은하수는 등을 돌리고
뜨는 해의 뒤란에서 창백한 얼굴로

은하수는 기어올라야만 한다지
하얀 야주호를
여러 하늘을 가로지르며

어둠이 내리면
다른 별들은 붉게 빛나지만
은하수는 야주호 속에 하얗게 서서
자기 몸의 하얀 별빛을 뿜어낸다지
어둠 속을 항해하는 모든 별들을 위해
길 하나를 밝힌다지

제 어미에게 골이 나고
굶주림이 깊었던 소녀가
한 줌의 재로
은하수를 만든 뒤로
우리, 땅 위의 인간들은
야심한 밤의 어둠 속을
마음껏 다닐 수 있게 되었다지
지구도 어둠 속에 갇히지 않고
밝은 빛을 내게 되었다지
우리 같은 사람들은
머리 위 저 멀리에서 하얀 빛을 쏟아붓는
부드러운 별빛의 안내를 받으며

집으로 돌아오게 되었다지

소녀가 은하수를 만든 건
우리에게 소박한 밤 빛을 주려 했기 때문이라지
그래서 은하수를 나무의 재보다 더 하얗게
하얗게 빛나게 만들었다지
한참 뒤 우리들이 어두운 밤에도
집을 찾아갈 수 있도록

○ 지구 자전에 의해 천체가 지구상에 그리는 호.

안개와 토끼

토끼는
안개 같고
영혼의 그림자 같아
푸르스름한 안개는
연기를 닮았다고
엄마는 말씀하셨지

동틀 녘
해가 뜨기 직전에
신기루가 나타나면
사람들은 말하지, 그건
토끼라고
토끼의 신기루라고
태양을 안개 속에 숨기고 있다고
태양을 연기 옷으로 가리고 있다고
그래서 태양의 시력이 나빠진다고
태양이 제대로 떠오르지 못한다고
우리도 온갖 잡병에 걸리게 된다고

그건, 사람들이 말하길
토끼 짓이라고
토끼가 꾸민 짓이라고
안개 같은 토끼가
연기 같은 토끼가
토끼의 신기루가
토끼 영혼의 그림자가

그건, 사람들이 말하길
안개를 닮은 연기라고
연기를 닮은 푸르스름한 안개가
꾸민 짓이라고

달의 비명

달은 아직 차오르고, 아직 살아남아
새벽이 오기 직전까지
하늘 저편에 걸려 있네

태양이 서쪽으로 지자마자
동쪽의 달은 점점 더 차올라
불에 덴 듯 불그레한 얼굴로
하늘을 기어오르지
달 아기를 임신한 듯
둥글게 부풀어 오른 배를 내밀며
저 높은 하늘을 이쪽 끝에서
저쪽 끝까지 헤매고 다니다
동쪽 방향 끝에서 밤을 기어올라
지금 여기에, 거대하고, 아직 만삭의 모습으로
아직 살아남아
새날이 밝기까지
서쪽에서 빛나네

동쪽에서 뜬 태양은

지구보다 훨씬 먼 길을 돌지
태양이 칼을 꺼내
달의 속살을
빠르게 찌르면
만삭의 몸으로 광채를 흩뿌리며
생명력이 충만한 달은
아무 말 못 하고 큰 소리로 울부짖지

이보시오, 태양 님
제 아이들은 건들지 마세요
아이들은 부디 살려주세요!
당신의 칼이 아직 태어나지도 않은
저의 달 아기들을 도살하고 있습니다
당신이 비추는 그 빛의 칼날이
우리의 빛을 찔러 죽음에 이르게 하고 있습니다
제발, 그 빛들을 살려주세요!
부디 저를, 이 달을, 빛나게 하세요!

달은 여전히 만삭의 몸으로
하늘을 떠다니며
새벽이 와도 아직 살아남아
이렇게 부르짖다
이내 시들어버리지

그러니 우리가 들을 수 있는 것이지
달의 비명을
처절하게 울부짖는 소리를
매일 하루가 시작될 때
태양이 떠오르기 시작할 때
그의 칼이 달의 아기들을
사정없이 찌를 때
달이 울부짖는 소리는
그토록 애가 끓어
새벽 첫 빛의 칼날조차
무디게 할 정도지

달은, 매일, 하루가 시작될 때마다
큰 소리로 울부짖지

이보시오, 태양 님
제 아이들은 건들지 마세요
제 아이들만큼은 죽지 않게 해주세요!

그렇게 날이 밝지

별들에게 불꽃 뿌리기

용골자리의 으뜸별이 나타나면
사람들은 아이를 불렀지
애야, 저기 저 막대기 좀 가지고 오너라
그 끝에 불을 붙여보자꾸나
저 별, 늑대별을 향해 불꽃을 겨눠보자꾸나

우리 ▲샴°족들은 으뜸별이 뜨는 것을
제일 먼저 본 사람에게 말하지
빨리 가서 막대기를 집어
불붙은 그 끝으로 별을 겨냥해봐
그래야 태양이 얼굴을 내밀어
우리를 비추게 될 테니
그래야 으뜸별도 샐쭉해지지 않아
부시먼의 곡물을 여물게 하고
먹거리를 약속할 테니

으뜸별이 뜨는 것을
제일 먼저 본 사람은 누구나
아들에게로 다가가 말하지

저기 보이는, 저 막대기를 가지고 오너라
한쪽 끝에 불을 붙여
늑대별을 향해 태우자꾸나
자, 이렇게, 불이 붙은 쪽이 늑대별을 향하게
그리고 늑대별이 으뜸별처럼 뜨도록 기도를 하자꾸나

사내는 아들이 집어 온 막대기에 불을 환하게 붙이고
불꽃이 날름대는 그 끝으로 늑대별을 겨냥하지
입으로는 연신 주문을 읊어대면서
그 별이 다른 별들처럼 환하게 빛나기를

사내는 노래하지
으뜸별을 찬양하는 노래를
늑대별에 대한 노래를
별 하나하나가 모두 빛나는 별이 될 때까지
불꽃을 겨누지
사내는 막대기를 높이 쳐들고
별들에게 불꽃을 뿌리지
그러다 끝내 기력이 쇠하면
사내는 막대기를 태워 재로 만들지
그리고 바닥에 누워
지친 채로 모피 외투를 꺼내
머리까지 훅 덮어쓰지

사내는 늑대별을 데리고 태양의 온기 속으로 들어갔으니
그렇게 최선을 다했으니
어떤 별이든 다시 뜨리라
샐쭉거리지 않는 얼굴로
그러면 여인들은 새벽녘에 밖으로 나가
▲샴의 양식을 구하게 되리라
양쪽 어깨에 너른 태양 빛을 받으며
지금도 그러하듯이

○ 산족이 스스로를 가리키는 단어이다.

2

죽은 자의
　　　　발자국
　　　　　　속으로는
비가 내린다

바람이 부는 이유

우리 죽을 때 부는 바람은
우리 자신의 바람이야
우리 ▲샴족들은
우리 각자의 바람을 가지고 있기 때문이지
우리는 모두 구름도 가지고 있어
그 구름은 우리가 죽을 때 나타나지
그리하여 우리 죽을 때 바람은
먼지를 일으켜 길을 덮고
질병과 죽음조차 무엇인지 모르고
살아생전 우리가 남긴 발자국을 덮어
끝내 아무것도 남기지 않지

이런 바람이 불지 않는다면
우리의 자취는 여전히 남아
우리의 자취는 우리에게도 여전히 남아
살아 있다는 착각을 불러일으키지
바람의 목적은 하나
우리가 걸었던 길을 지우는 거야
그리하여 끝내 우리 죽을 때

우리의 회한을 저 높은 곳에 매달아
우리 끝내 죽어서
원망이 하늘 저편으로
푸르게 사라지도록

우리 어머니는 가르치는 걸 좋아하시어
달이 저물 때마다
넋이 나간 듯 서서
이렇게 말씀하셨지

저 달이 방금 죽은 누군가를 또 데려가는구나
저 달이 지는 모습을 보면 너도 알게 될 거야
달은 속이 텅텅 빈 채로
잔뜩 휘어진 뿔을 달고
제 몸속의 모든 것을 게워내며
죽어간단다
죽은 자를 데려가기 위해
자기 자신을 죽이는 거란다
달은, 속이 비면
나쁜 징조를 가지고 오지
잘 들어봐
무슨 소리를 들을 수 있을 거야
달이 질 때마다

속삭이는 소리가 나지
사람은 누구나 죽게 마련이라
누군가 죽으면
달은 서서히 제 속을 비워
자기 뿔로 들이받아 찾아낸 곳으로
죽은 자를 데리고 간단다

죽은 자의 발자국 속에 고인 빗물

누군가 세상을 뜨는 순간
비가 내리기 시작해
살아생전 발자국을 채우고 또 지우지
죽은 자가 남긴 발자국의 빈 곳을 채워
발자국 스스로가 저절로
사라지게 만들지

죽은 자를 땅속에 묻는 순간
무덤 깊숙이 묻는 순간
비가 내리기 시작해
죽은 자의 발자국이 남긴 공허를
깨끗이 씻기 위해 내리지
그렇게 모든 흔적은 지워져
우리가 알고 있던 자취마저도

죽은 자의 무덤에
잔풀조차 덮지 못했을 때
그 잔풀 위에
돌멩이 몇 개조차 쌓지 못했을 때

그 잔풀들이

보란 듯 맘껏 그 자리에 눕지 못했을 때에도

비는 소리 없이 내리기 시작해

죽은 자의 발자국을 채운다

내리는 비는 그렇게

죽은 자의 발자국을 지우고

흐르는 빗방울은 그렇게

그가 알고 그를 알린 모든 것들을

산산이 부수어버려

죽은 자의 발자국 속으로는

비가 내리지

네 가지 바람의 노래

바람이 북쪽에서
휘파람 소리를 내네
구름을 품어
이전보다
훨씬 커진 모습으로
저 아래 있는 듯
구름을 위로 불어 몰아내네

그대는 바람
구름을 풍성하게 하지
구름을, 둥실둥실, 남쪽 저 멀리로
보내지
그대는 북풍
저 아래쪽에서 불어
구름을 위로 날려 보내네

오, 서쪽에 누워 있는 바람아
그대는 비구름을 몰고 다니지
비구름의 방향을 바꾸지

비구름이 저 멀리
가닿을 수 없는 동쪽 저 멀리
달아날 때까지
그대, 서쪽에 누워 있는
이 세상의 서풍이라네

누구보다 앞서
늘 얼굴 쪽으로만 부는
그대는 남풍이라네
둥그런 얼굴로
먼지를 휘날리며
먼지만을 속삭이는
그대, 남풍이라네

그리고 그대,
동쪽에 누워 있는 바람아
그대는 결단코 미미하고
약한 바람이 아니지
냉기를 뿜는 그대의 먼지는
마르고 차다
그대는 동쪽에 집을 마련해둔 채
또 서둘러 우리를 보내
다른 집들을 짓게 하고

바람막이를 세우게 하고
불을 피우게 하나니
우리 얼굴에 불꽃을 쬐게 하고
우리들 손을 맞잡아주는
그대, 동풍이여
냉기를
냉기보다 더 찬
마르고 차가운 냉기를
뿌리는 바람이여

영혼의 인간

인간은 누구나
죽게 되면
영혼의 인간이 된답니다
제 할아버지가
자주 하시던 말씀이지요
할아버지는 자주
죽은 이를
영혼의 인간이라
부르셨지요

그분은 말씀하셨습니다

네가 노인의 이름을
영혼의 인간이 아닌 양
죽은 사람이 아닌 양
그렇게 큰 소리로 불렀기에
그들이 우리를 찾아오는구나
우리를 찾아와
해코지를 하는구나

그런 인간들은
영혼의 인간들은 모두
생각의 끈을
더는 가지고 있지 않기에
이해를 하지 못한단다

그리하여 그들은
야음을 틈타
우리를 해하려
다가온답니다
그러니 우리는 한밤중에
그들의 이름을 불러선 안 됩니다
그들이 나오는 꿈을
꾸어서도 안 되지요
나쁜 꿈이 될 테니까
악몽으로 끝날 테니까
어둠 속에서
그들의 이름을
읊조리는 순간에

그리하여 우리 아이들은
한밤중에
그 이름을

함부로 불러선 안 됩니다

태양이 하늘 높이 걸렸을 때나

환한 대낮일 때나

그때에나 우리 아이들은

그 이름을

감히 부를 수 있지요

우리는 잘 압니다

우리 할아버지가 알고 계셨던 것들을

인간은 누구나

죽게 되면

영혼의 인간이 된다는 사실을

그들의 힘은

죽은 후로도 오랫동안

살아 있다는 것을

사자를 쫓는 재채기

누군가 당신을 부르는 소리가 들릴 때
올빼미 소리처럼
우우우
그 소린
무당이 부르는 소리일 거예요
올빼미의 소리가 아닐 거예요
무당이 코 고는 사람의 흉내를 내는 것일 거예요
올빼미가 아니라

무당은 사자 소리도 낼 수 있어요
코 고는 사람 소리를 내면서
사자처럼
으르렁으르렁거릴 수도 있어요
사자가 으르렁거리면
그자는 웅웅웅
소리를 내지요

사람들은 그자의 소리를 듣고
소리의 뒤를 따라가지요

그러고는 그자를 기다려
부쿠°를 건네지요
그자가 코를 킁킁거리며
냄새를 맡다가
숨을 들이마시다가
재채기를 하여
사자가 튀어나오는 모습을
지켜보지요

무아지경에 빠지면
무당은 우리를
씹어 먹을 수도 있지요
어둠 속으로 뛰어 들어가
진정이 될 때까지
숨죽이고 있기도 하지요
그러나 무당은 안답니다
사자가 우리 살 속으로
들어올 수도 있다는 것을요

으르렁, 사자 소리를 냈으므로
무당은 안답니다
사자는 더 이상 존재하지 않음을
우리 몸속의 사자가

몸 밖으로 빠져나갔음을
부쿠 냄새를 맡았기에
사자가 재채기와 함께
사라져버렸음을

무당은 안답니다
재채기로 환자가 살아났음을
병들어 누워 있던 이가
벌떡 일어나
다시 사냥을 가게 될 것임을
지나가는 스프링복을 보며
그가 한때 그랬듯이

○ 남아프리카 원산의 운향과 관목의 한 속. 잎에 기름샘이 있어서 특징적인 향
   을 낸다.

고슴도치 잡기

아버지는 말씀하셨지
내가 사냥을 다녀왔는지
조용히 앉아 기다렸는지
고슴도치를 기다렸는지
사냥하기에 가장 좋은 때는
은하수가 등을 돌릴 때라고
바로 그때가
고슴도치가 돌아오는 때라고

아버지는 또한 말씀하셨지
내가 바람을 느꼈는지
아버지는 말씀하셨지
조심해야 한다고
늘 바람의 방향을
맛보아야 한다고
고슴도치는
바람을 데리고
돌아오는 짐승이 아니라고
아버지는 말씀하셨지

고슴도치는 오히려

바람을 가로질러

비스듬히 다가온다고

그러니 공기 냄새를 더 잘 맡고

저 앞쪽에 어떤 위험이

도사리고 있지는 않은지를

더 잘 알 수 있다고

아버지는 말씀하셨지

숨은 부드럽게 쉬어야 한다고

고슴도치를

앉아서 기다릴 때는

아버지는 말씀하셨지

고슴도치는

소리란 소리는

하나도 놓치지 않는다고

그러니 부스럭거리는 소리조차

내면 안 된다고

쥐 죽은 듯

가만히 있어야 한다고

아버지는 가르치셨지

별들에 대해서도

내가 토끼 굴에 앉아 있을 때조차도
하늘의 별을 주시해야 한다고
그 별이 어디로 떨어지는지를
살펴야 한다고
정말 세심하게
별들이 추락하는 자리를
살펴야 한다고
아버지는 종종 가르치셨지
고슴도치를 잡을 수 있는 곳
그곳이 진정 어디인지를

자칼 구름

새로운 비의 냄새가
바람에 실려 올 때
그 비의 향기가
바람을 따라 불어올 때
자칼은 나타나지요
남쪽을 향해 누운 채로

남쪽 멀리서
구름이 회색빛으로 짙어갈 때
그 구름의 배가
새로운 비를 품어, 검게
점점 더 검게 변해갈 때
우린 '자칼'이라고 말하지요
멀리서 몸집을 불려가는
구름에게

구름이 다가오면
찬바람이 따라오는 모습을
우리는 보지요

그러면 저 평원을 가로지르는
자칼의 그림자도
우리는 보지요
그제야 비는
앞치마를 떨구어요

바람을 앞서 달리는 스프링복을 보며
우리는 말하지요
구름이 우리 사냥터를 가로지르고 있어요
위험천만하고
더러운 냄새가 나는
까만 구름이에요

이 자칼 구름이
태양을 가리기에
사냥터로 나간 우리들은
먹구름을 두려워하게 되었지요
까맣고
자칼보다 더 까매
태양을 칠흑으로 만드는
먹구름을

그러나 우리 집은

지붕을 새로 깔아서
아이들이 신선한 아스보스 풀°로
지붕을 다듬고
담장도 튼튼하게
손질을 해둔 터라
바람 한 자락도
스며들 틈이 없어요

그렇게 우린 비를 기다리지요
우리가 자칼이라 부르는 구름에게서
안전한 비의 앞치마를 기다리지요
우리는 그렇게
모든 준비를 마치고
비를 기다리지요
첫 폭우를 기다리지요
그리고 우린
그 비와 사랑을 나누지요

○ 남아프리카 카루 지역에서 자라는 잡풀을 뜻한다.

▲샴의 예감

예감은
두려운 것
가까이든 멀리서든
어디선가
무슨 일이 벌어지니까

예감은
꿈꾸는 것

가끔
우리 혼자일 때
우리 몸은
떨리기 시작하는데
그건 마치 몸에
몸이 두려워하는 무언가가
붙은 탓인 듯

우린 예감을 물려주지
우린 ▲샴이니까

우리의 몸이 이야기하니까

저곳은 위험하니

조심하라고

늙은 엄마

우리 엄마는
늙어서
걸을 수가 없어
거기에 그냥 누워만 계셔, 무기력하게
당신처럼 늙은 잔디 위에
갈대 집 속에, 홀로

자식인 우리는
그녀를 떠날 수밖에
그 전에 우린 엄마의 헛간을 손봤어
사방을 꼭꼭 틀어막고
문으로 쓰던 통로를 막았지
우리가 더는 살고 있지 않은
집에서 가져온 버팀목으로

지붕만은 막지 않았어
하늘을 보실 수 있도록
태양의 온기나마
느끼실 수 있도록

우리는 조그맣게 불도 피웠지
마른 장작도 쌓아드렸지

이건 누구의 잘못도 아니야
우리 모두 먹을 게 없었으니까
누구도 어쩔 수 없었어
그래서 우린 엄마를
그렇게 버렸지
우리 모두 굶고 있었으니까
엄마는, 그 늙은 여인은
기력이 너무 쇠해
우리를 따라
먹거리를 구해올 수 없었어
그 어디서도

연기를 피우는 피

우리 피는 그걸 안단다
아버지는 말씀하셨지
우리 피는 안개를 피우기도 하고
연기를 피우기도 한단다
아주 이른 아침에
저기 저 안개 속에서
우리 편은 아직 오밤중인데
백인 장교가 슬며시 다가오지

우리 몸은 그걸 안단다
전율하듯
떨리는
몸속의 피로
곧 연기를 피우리라는 것을
연기는 우리를 앞서 기다리며
우리 눈 속에서 불타오르리라는 것을
그것을 우리는
피로
연기를 풀풀 날리는 피로

위험이 다가오고 있음을

그렇게 우리는 말발굽 소리보다
더 일찍
말 우는 소리를 듣게 된단다
그렇게 우리는 발사된 총알보다
더 일찍
화약 냄새를 맡게 된단다
백인 장교가 나타나리라고
우리의 피가 피워 올린 연기는
예언을 했단다
우리 피는 그걸 안단다
바로 그날이
전쟁이 시작되는 날임을

우리는 맹렬히 싸웠단다
연기를 피워 올리는 피로
안개 속에서 싸웠단다
피로 칠갑을 한 채
우리는 오래 싸웠단다
깨달음이 올 때까지
우리의 피 또한 깨닫게 될 때까지
연기가 마침내 걷히고 나면

패배한 백인들이 물러갈 것이란 걸

우리는 그곳에 그렇게 남았단다
온갖 피를 탕진한 채로
그 후에도 그곳에 그렇게 남아
우리 자신의 시체를 거두었단다
우리의 피는
소진되고
탕진되었고
예언의 실현을 지켜보았단다
땅이 부상자들로 넘쳐나고
죽은 우리 편 시체가
사방을 뒤덮었단다

그러나 그건 피였단다
내 아버지, 싸틴은 말씀하셨지
핏속에서
몸이 피워내는 연기 속에서
우리는 알게 되었다고
우리에게 나타난 것이 무엇이었는지를

우리 피는 안개를 피우기도
연기를 피우기도 한단다

아버지는 말씀하셨지

백인 군인이 나타나던 날

우리의 종말이 가까워지던 날에

싸틴

내 아버지는 노래를 부르셨고
활시위는 끊어져 있었네
모든 것이 과거와 크게 달라졌다네

아버지는 노래를 부르셨지

나 이제 활시위 당기는 소리를
들을 수 없네
나, 한때는
하늘로 당당히 울려 퍼지는
그 소리를 듣곤 했는데

아버지는 노래를 부르셨지

활시위가 영원히
내 곁을 떠난 듯하다
그 시위가 부르던 노래도 영원히
나는 아무것도 달라진 것이 없는데
잠을 자도

그 잠 속으로 아무런 소리도
들려오지 않는구나
아무런 음성도 들을 수가 없구나
한때는 나와 더불어 다니며
내 꿈속을 비집고 들어와
나를 끊임없이 불러대던
그 음성을

그 소리는 말했지

싸틴, 웬 잠이 그리 깊게 들었나
그리하여 입도 떼지 못하는가
한때 그랬던 대로
그렇게 즐기던 대로는
이제 나를 부르지 말게
그대는 더 이상
내 제자가 아니라네
싸틴, 나 네 말을 기다렸다네
딱 한마디 말을
네가 죽지 않았다는
그 한마디 말을
오, 싸틴, 나 오랫동안 그대를
지켜봤다네

너 여전히 황소 비를 이끌고
다니는지 알고 싶었다네
말해다오, 그대
그대가 비를 내리는 자라고
그대에게 한때
그 비밀을 가르친 자
바로 나라고

내 아버지는 노래를 부르셨고
활시위는 끊어져 있었네
아버지가 한때 듣던 것은 모두
사라져버렸다네

아버지는 노래를 부르셨지

나 이제 활시위 당기는 소리를
들을 수 없구나
한때 즐겨 듣던 그 소리를
무당이 아직 살아 있는 것이야

아버지는 노래를 부르셨지

활시위가 영원히

내 곁을 떠난 듯하다
모든 것이 변했고
그 무엇도 이제는
나를 부르지 않는구나
잠을 자도
아무것도 들을 수가 없구나
그 소리를 들을 수가 없구나
노래가 울리는 침묵뿐이로구나
한때 소리로 가득하던 곳에
애오라지 빈 것뿐이로구나

3

우리는

별이야

하늘을

걸어야만 해

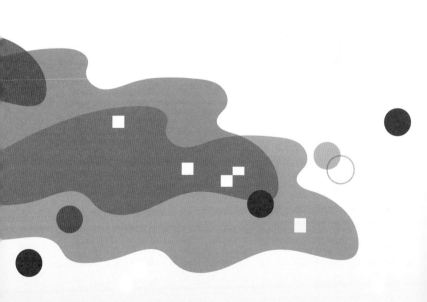

태양과 달 그리고 별들

저물어버린 태양이
산 너머로 얼굴을 내밀고 있어요
그 태양은 거기에 오래 머물러 있을 것입니다
하늘 저 높은 곳에서
우리를 내려다보며
와요, 아침이여
저 망망한 하늘을 가로지르며
태양은 다시 한번 걸어갈 것입니다

그리고 달, 사냥꾼의 달도
저 산 위로 고개를 불쑥 내밀 것입니다
그리고 또 저 망망한 하늘을 가로지르며
걷다가, 살이 차고, 결국 시들 거예요

우리가 기다리는 저 별,
저 별은 가장 마지막 순간에 나타날 거예요
역시 저 산 너머로
그리고 누구 못지않은 속도로
하늘을 빠르게 기어올라

저 망망한 하늘을 가로지르며
뜨기와 뛰기를 반복할 거예요

하늘에는 수많은 별들이 있습니다
하늘에는 또한 온갖 사람들이 있지요
별이 된 지 오랜 시간이 지난
남자와 여자 그리고 아이들이 있지요

그리하여 별은 여자입니다
보세요, 떠오르기 시작하는 저 여인을
아이별의 손을 잡고
어머니처럼 다가오는 여인을
그 뒤를 남자별이 따르는 동안
아이별은 천진스럽게 뛰어놀고 있어요

태양이 지고 오래 지나면
어린 달이 지고 나면
엄마별이 나타날 거예요
저 산 너머로 얼굴을 내밀며
아이별의 손을 꼭 잡은 채로

그럴지라도 아이별은
간간이 천방지축 나대다가

아주 잠깐, 구름 속으로

숨기도 할 거예요

달의 기원

달은 신발이었어요

오래전 언젠가 아직 울보였던

만티스가 신고 다니던

들판의 구두였어요

그는 한때 피조물을 만들고

이랜드°를 사랑했습니다

그러나 그가 만든 피조물과 이랜드가

미어캣에게 죽임을 당했으니

갈기갈기 찢겨 죽었으니

불쌍한 만티스는 화가 머리끝까지 치솟아

복수를 하게 되었지요

그는 이 일로 벌을 받게 되었는데

미어캣의 화로에

땔감을 해오고

장작을 패고

또 쌓는 일이었어요

한때 신발이었던 달은

아직 하늘에 나타나지 못했고

여전히 가슴이 아픈 만티스는
이랜드의 쓸개가
나뒹구는 모습을 보곤 했어요
혹시 그것을 깨끗하게 치우면
상한 마음이 좀 나아질까 싶어
쓸개를 찢어버리고
그 위에 까만 어둠을 덮어버리면
상한 마음이 좀 나아질까 싶어
그 쓸개가 터질 때까지
찢고 또 찢다가
재빨리 어둠 속으로 숨어버렸지만
아뿔싸, 그만 가시덤불 속에서
길을 잃고
눈이 멀게 되었습니다

그리하여 만티스는 신발을 벗어
하늘로 집어 던져버렸어요
그리고 이렇게 말했어요

난 만티스야
만티스가 내 이름이야
내 신발은 저 위에 있어
어둠 속에서 시뻘겋게 빛나고 있어

내 신발은 이제 곧

달로 변할 거야

달처럼 빛나

숲속 어둠을 뚫고

길을 밝힐 거야

땅도 밝힐 거야

그러면 나는 집으로 돌아갈 수 있게 될 거야

태양은 밝아요

뜨겁기 때문에 밝아요

별들은 매우 붉어요

차갑기 때문이지요

그러나 달은 신발이었어요

만티스가 신고 다니던

들판의 구두였어요

붉은 먼지가 수북이 쌓여

만티스가 신는 들판의 신발이 되었어요

먼지 풀풀 날리는

땅 위를 걷는 통에

그렇게 먼지가 쌓였지요

그래서 한때 신발이었던 달이

그렇게 붉은색으로 빛나지요

○ 남아프리카에 사는 순록.

쏟아지는 구름 소리 때문에

우리가 잠을 자는 사이
▲카우누는 밤을 샐 거야
활시위를 당겨
구름을 불러내겠지
활시위에서 박자를 뽑아내어
구름에게 한바탕 훈계를 늘어놓을 거야

우린 먼 곳에서
활시위 당기는 소리를 듣게 되겠지
구름이 내는 그 소리를.
잠에서 벌떡 깨어나 보면
구름 속에서 잠을 청하고 있는 사람이
바로 우리 자신이란 걸 알게 되겠지
그때 비가 오기 시작할 거야
해가 질 때까지 그치지 않을 거야
해가 두 번이고 질 때까지
비는 두고두고 쏟아질 거야

우리가 잠을 자는 사이

▲카우누는 거기에
뜬눈으로 앉아 있겠지
활시위를 잡아당겨
비를 내리게 한 이가
바로 그이니까
우린 구름 속에서 깨어날 거야
구름이 내는 소리 때문에
위이잉, 활시위가 내는 소리 너머로
쏟아지는 구름 소리 때문에

끊어진 활시위의 노래

한 족속 때문에
그자들 때문에
그자들,
갑자기 나타나
내 활시위를
끊어버린
그자들 때문에

땅은
땅이 아니라네
내 자리가
지금 이 자리가
더는 내 것이 아니라네

내 활시위가
끊어져버린 탓에
이 땅은
더는 내 땅이 아니라네
이 자리는

더는 내 자리가 아니라네

내 활시위가
끊어져버린 탓에
이 마을이
텅 빈 듯이 느껴져
우리 마을이
텅텅 비고
죽은 듯이 느껴져

바로 이 줄 탓에
이 줄을 끊어버린
그자들 때문에
이 땅과
내 자리가
다른 것의
자리가 되었다네
끊어진 것의
자리가 되었다네
그래도 막을 수 없는
소리가 있어
내 속에서
끊어지는 그 소리만은

그렇게 우리가 왔다오

나는 바로 그곳,
거기에서 왔다오
식구들과 스프링복을
먹고 있었다오
그새 붙잡히고 말았다오
여기는 케이프°
내가 떠나온 곳은 비터피트라오
흑인 순사에게 잡혀
마차에 묶인 채로 왔다오

나는 바로 거기에 있었다오
내 아내와 아들도
거기에 있었다오
내 며느리도
등에 어린아이를 업고 있었다오
딸내미도 있었다오
역시 등에 어린아이를 업고
그 자리에 있었다오
사위도 거기 있었다오

흑인 몇 명이 다가와
우리 모두를 체포했다오
우리는 수가 적었다오

그렇게 우리가 왔다오
세 명의 사내가
마차에 묶인 채로
여인들은 걸어서
그 뒤를 따랐다오
그렇게 우리가 왔다오
그렇게 하루가 갔다오
첫날의 폭염을 그렇게 보냈다오
마침내 마차가 멈추자
우리도 풀려날 수가 있었다오
그렇게 많은 밤들 중
하룻밤을 보냈다오
우리는 불을 피워
전날 우리 화살로 직접 잡은
스프링복을 구웠다오
누워 잠을 청했지만
말똥말똥 뜬눈으로
담배를 꼬나물고
날이 새기를 기다렸다오

그렇게 세 사내는
밧줄 하나에 묶인 채로
마차에 누워
치안판사에게 끌려갔다오
마차가 달리는 동안
이튿날의 폭염 속을
달리는 동안
여인들 또한
넘어지고, 나뒹굴며
마차 옆구리에 붙어 달렸다오
더 빨리
점점 더 빨리
마차는 속도를 높였고
뒤를 따르던 여인들은
온갖 용을 다 썼지만
보조를 맞출 수 없었다오

백인 치안판사에게 끌려온 나는
질문 세례를 받았다오
밤늦도록 취조는 이어졌다오
한밤중이 되고
어둠이 내리고 나서야

그의 부하들이
우리 식구들을 감옥에 쳐 넣고는
모두의 발을 다시
밧줄 하나로 묶었다오
우리 모두는 그렇게 누워
모두의 발이 한 밧줄에
묶인 채로 누워
백인 하나가 발 주변에 설치한
나무 가시에 발을 찔리며
고통을 견뎌야 했다오
우린 혼자가 아니었다오
코라나족 범법자들과 함께였다오
우리 모두는
밧줄 하나에 묶여
쉬이 잠을 이룰 수 없었다오
그렇게 서로 아픈 발을 비비며
다음 날을 맞았다오
아침이 밝자
고기 한 덩이가 나왔다오
끓인 양고기 덩이였다오
우린 묶인 채로
고기로 배를 채운 후
남쪽으로 다시 달렸다오

그렇게 우리는 여기 오게 되었다오
와서 길 닦는 일을 하게 되었다오
그렇게 이곳, 빅토리아웨스트까지
끌려오게 되었다오
여기서 돌을 들어 올려
가슴께까지 높이 들어 올려
저 멀리 굴려버리는 일을 하게 되었다오
흙더미도 날라야 했다오
손수레에 흙을 담아
저 멀리 날라 버려야 했다오
이 짓을 여러 날
우리 가족들과 코라나인들이
반복해야 했다오
우리는 그 흙을 마차에 싣고
마차 바퀴를 뒤에서 밀기도 했다오
그렇게 많은 날들을
우리 가족들과 코라나인들은
반복했다오
흙을 담았다
버리기를
일을 마치고 매일 밤
감옥으로 돌아가

우리는 양고기를 먹었다오

나는 바로 그곳에서 왔다오
바로 이 모습 그대로
맨발로 걸어
보퍼트웨스트까지 왔다오
태양은 작열하고 있었다오
난 맨발이었고
손은 마차에 쇠사슬로
묶여 있었다오
우린, 서로 묶인 채
걷고
또 걸었다오
빅토리아에서
보퍼트 감옥까지
거기서 우린 담배를 얻어
양 뼈 곰방대에 끼워 피웠다오
거기서 우린 더 많은
양을 먹어 치웠다오
오로지 양만을 먹어 치웠다오
그날 밤, 잠을 청할 때
지붕도 없는 감옥으로는
비가 샜고

그렇게 어둠 속으로

비가 흘렀다오

○　남아프리카공화국 케이프주를 뜻한다.

아침에는 난 갈퀴를 들지요

한창 일을 하는
대낮에는
난 외양간에 가지요
한창 일을 하는
아침에는
난 갈퀴를 들지요
사람들이 다니는 길을
청소해야 하니까요
잔가지들도
치워야 하니까요
밤새 바람에 떨어진
수많은 잔가지들을요
그래야 걷다가
잔가지에 걸려
넘어지는 일이 없으니까요
그 자그마한 나무의 잔가지들이
내 발목을 낚아챌 일이 없으니까요
그래야 어둠이 찾아와도
넘어지는 일이 없으니까요

해 지고
주인님 댁으로
식사하러 가다가

한창 일을 하는
아침에는
난 사람들이 다니는 길을
부드럽게 쓸지요
그래야 날이 어두워져도
별 탈이 없으니까요
내 일은 암소를 돌보는 일이지요
해가 진 후
들통 한가득
물을 긷는 일이지요
그래야 어두워져도
암소들이 물을 먹을 수 있으니까요
내가 혹 넘어지면
잔가지에 걸려 넘어지면
외양간 암소에게는
무슨 일이 벌어질까요
먹을 물도 없이
밧줄에 묶여 있는
외양간의 암소는

튼실하게 자랄 수가 없겠죠

어둠 속에서

어둠의 젖만 빨아대서는

사자 꿈

꿈을 꾸었어요
말하는 사자가 나오는 꿈이었어요
동료 사자들에게 말하는
사자가 나오는 꿈이었어요
사자들이 말하는 소리를 들었어요
꿈속에서
사자들은 모두 검었지요
발톱도 진짜 사자 같았어요
털에 덮여 있었어요
꼬리도 길었어요
발이 여러 개 달렸었죠

난 두려웠어요
그 사자들이
정말 두려워
잠을 잘 수가 없었어요
여기 누워, 눈을 뜬 채
사방을 둘러볼밖에

사자들은 그곳에 있었어요
검은색으로 찰랑이는
꼬리를 달고 있었어요
온통 검은색 털들로
덮여 있었어요
난 사자들이 하는 말을 들었죠
스프링복을 잡으러 가야 한다더군요
스프링복이 남긴 발자국을 따라
멀리까지 가야 한다더군요
그 발자국을 따라
그곳까지
내 고향의 산천까지

난 거기 누워 있었어요
차마 눈을 붙이지 못한 채로
내 눈엔 발자국이 보였죠
꿈속에서 난
다시 한번 선명하게
스프링복을 보았어요
수를 셀 수 없을 정도로 많은
스프링복을 보았어요
꿈속에서 난

사냥을 하고 있었어요

과거에 그랬던 것처럼

여기저기 사냥터가 보였고

이곳저곳 발자국이 보였어요

난 발자국이 남긴 길도 보았어요

거기에 누워

사방을 둘러보았죠

다시 꿈속에서 난

내 아내도 보았어요

내 아내

콰바안은

어딘가로 떠나고 없었죠

사람들도 모두 바뀌어 있었어요

집들도 달라져 있었어요

꿈속에서 아내는

담배를 달라고 했어요

그러나 내겐 담배가 없었습니다

난 곰방대만 건넸어요

아내는 그걸 한 모금 빨더니 말했어요

이건 당신 옛날 곰방대가 아니잖아요!

아내는 내게 계속 물었어요
대체 어디에 있었느냐고
지금 어디에 살고 있느냐고
아내는 꿈속에서 그렇게 물었어요
난 대답했어요

난 여기 남아야 해요
치안판사와 함께 조금 더 살아야 한답니다

아내는 내가
다시는 돌아오지 못할 것 같다고 말했어요
여기서 내가 죽도록 일만 하는 이유가
그 때문일까
나, 고향 산천으로 돌아가지 못하는 이유가
그 때문일까

난 아내에게 말했어요
더 이상 노역은 하고 있지 않다고

난 가르치고 있어요
내 이야기를 하고 있어요
사람들이, 언젠가
내 이야기를

난 아내에게 이렇게 말했어요
내 이야기를 하고 있다고
그 이야기들은 살아남을 거라고
내가 죽은 뒤에도
죽지 않을 거라고
난, 또 이렇게 말했어요
곧 그녀를 데리러 가겠다고
나,
▲한카소가
곧, 그녀를 데리러 가겠다고

꿈은 이렇게 끝이 났어요
이 모든 게 꿈이었어요
난, 잠에서 깨어
너무 놀라
사위를 둘러보았죠
▲아쿤타 소리가 들려왔어요
햇빛이 살포시 흐르고 있었어요
▲한카소는 떠났고
아내와 아들은 사라지고 없었어요
▲아쿤타만 밖에서

속절없이

시끄럽게

소젖을 짜고 있었죠

늙은 ▲카겐

▲카겐 은, 늙어빠진 협잡꾼이자
요술사이며
만티스라고도 불립니다
달과
영양羚羊과
골치 아픈 문제를
만든 사람이기도 하지요
불 속에 누워
맨살에 불이 붙어도
시뻘건 석탄의 열기 속에 누워
온몸이 배배 꼬여가고
피부에 물집이 잡히고
맨살이 너덜너덜해지고
뼈조차 빠르게 검게 변해가도

그대는 여전히 꿈을 꾸듯이
세상을 바꿀 수 있는 사람입니다
여전히 술책을 부리는 사람입니다
늙고 노회하여

102

아무리 가르쳐도 통하지 않고

아무리 길들여도

길들여지지 않는 사람입니다

낡은 신발 한 조각으로

이랜드를 만들 줄 알며

헐고, 뒤틀린, 신발 한 짝으로

달을 만들 줄 아는

늙어 구제가 불가능한, 요술사

늙은 ▲카겐

당신은 진정 교활한 장난꾸러기입니다

몸집이 커다란 당신의 영양

그 새끼들은

당신의 화살을 담는 화살통처럼

그 무엇도 아닌

당신이 내뱉는 단 한마디 말에

여전히 당신에게 사뿐 날아옵니다

그런 순간에조차도

늙은 협잡꾼이자

젊은 사기꾼은

그런 불 속에서조차도

두 팔을 뻗어 깃털을 나게 하여

불꽃 너머로 유유히 납니다

그런 순간에조차도

그 열기 속에서

요술을 부려 불꽃 속으로

깃털을 나게 합니다

불탄 살들을 적시기 위해

물집을 터트리며 비상을 합니다

불에 데어도

뜨거운 석탄 속에서도

살아남은 사람입니다, 그대는

그런 순간에조차도, 그대는

고인 물을 찾아

깃털을 씻습니다

자유롭게 날아

우리에게는 언감생심

수탉처럼 걷습니다

자유롭게 날아

우리에게는 언감생심

사지에 깃털을 돋게 합니다

새처럼

자유롭게 납니다

우리에게는 언감생심

두 팔을 날개 삼아

○ 초기 인류의 신화나 민담에 자주 등장하는 사람 또는 동물로, 기존의 질서를
어지럽히기도 하고 영웅적인 행위를 하기도 한다. 이 시에서도 선악을 특정
한 존재로 묘사되지 않았다.

루이터 이야기

루이터는

백인 손에 자랐습니다

그런 그가

스프링칸스콜크라는 마을에 사는

백인들에 둘러싸여

죽었습니다

죽기 전에 그는

황소가 끄는 마차에

가죽끈으로 묶여 있었습니다

얼굴은 바닥을 향해

묶여 있었습니다

묶인 채로

양 떼들은 돌봐야 하니까

그때 그의 주인 보어인˚ 사내가 다가와

매질을 시작했습니다

짐승을 길들일 때 쓰는

채찍으로

매질을 했습니다

보어인 사내는
양치기인 루이터가
양 떼들을 잘 관리하지 못했다며
매질을 했습니다

이 일로 루이터는
사경을 헤맸습니다
보어인 사내가
루이터를 때리고
또 때리자
다른 보어인들도
가세를 했습니다
루이터는 혼절을 하고 나서야
결박에서 풀려날 수 있었습니다
그곳에 있던 사람들은
모두 알고 있었습니다
루이터를 앉히려 하자
불쌍한 양치기, 루이터는
이미 죽은 거나 마찬가지였다는 걸

이런 일이 있고
양치기 루이터는
사람들에게 알렸습니다

그가 고통을 느낀다는 것을
백인들이 믿지 않는다고
그가 죽기 직전까지 매를 맞았다는 것을
백인들이 믿지 않는다고
루이터는 알고 있었습니다
자신은 결국 죽게 될 운명임을
그는 속삭이듯
반복적으로 말했습니다

                              나는 양 떼들을 돌보았어요
                        나 루이터는, 양 떼들을 돌보았어요

그는 계속 떠들었습니다
고통이 너무 커서
지독하게 심해서
오래 견디지 못할 것 같다고

양치기 루이터, 그는
주위의 백인들에게 말했습니다
그의 몸 한가운데가 너무
끔찍할 정도로 너무
아프다고
그는 혼자 일어나

걸으려 했습니다
그러나 보어인 사내
루이터가 섬기던 주인이
그의 몸을 짓밟고
그의 몸에 매타작을 했습니다
루이터는 죽기 직전까지
주위의 백인들에게 말했습니다

저 보어인이 내 몸 한가운데를
짓이겨버렸다고요!

○ 남아프리카공화국의 네덜란드계 백인.

그대의 이름은 무엇인가

그대의 이름
그대의 진짜 ▲샴족 이름은
무엇입니까
날 위해
그 이름을 외쳐보세요
큰 소리로 외쳐보세요
나 그 이름
그 소리를 다시 한번
듣고 싶어요
다시 한번
느끼고 싶어요

말해보세요
그대의 이름을
그대의 진짜 ▲샴족 이름을
날 위해
그 이름을 외쳐보세요
나 지금 당장
그 이름을 듣고 싶어요

그 이름이 만들어내는 소리를
듣고 싶어요

변명 따위는 필요 없어요
날 속일 생각 따위는 하지 마세요
우리 말
▲샴족의 언어로
대화를 나눕시다
내가 진정 그대를 이해할 수 있는
언어로 말이에요
나 그대가
우리의 유일한 언어로
하는 말을
듣고 싶어요

그러나 그대는
나와 같은 ▲샴족임에도
끝내 솔직해지지 못하시는군요
그대의 나라
그 이름이 무엇인가요
다시 묻겠어요
그대는 어디서 오셨나요

그대는 어느 지역 출신인가요
그대의 부족이 사는 곳을
내게 말해주세요
그대 고향의 이름을
내게 큰 소리로 말해주세요
이제 제발
그대의 이름을 말해주세요
그대의 유일한 이름
진짜 ▲샴족의 이름을

새벽심장별

우리는, 별이야
하늘을 걸어야만 해
우리는, 둘이야
새벽심장별°과
새벽심장의 아기
둘 다 하늘의 일부지
우린 하늘에 있으니까

우리는 하늘 거야
엄마는 땅의 것이지
엄마는 땅 위를 걷고
땅 위에서 잠을 자
엄마는 땅에서 걸어야만 하고
밤길을 걸어야만 하지
엄마는 땅에 사는 맹수야
남의 살을 뜯어 먹고
검은 대지를 노란 눈으로
밝게 비추지
엄마는 새벽심장의 아내야

어둠을 다스리는
살쾡이자리 별이지

늙은 아빠 달은 차가워
어둠에 속해 있지
아빠는 어둠 속에서만 걸어 다녀
추위 속에서 더 서늘해진 채로
숨겨둔 구두는 차갑게 식었어
아빠가 바로 그 숨겨둔 구두야
아빠는 어둠이 숨겨둔 구두인데
누군가 하늘 저 편으로 던져버렸어
서리가 내려앉고
찌그러진
들판의 구두지
그런데 어둠 속에서는 빛이 나
만티스가 숨겨둔 구두지
달은 차갑고

나는 한낮의 별이야
내 이름은 새벽심장이지
새벽녘에 가장 빛나는 별이야
날이 밝기 전에
불그스름하게 번져가는 하늘에

나는 붉게 서 있어

그러니 나 또한 붉어

마치 붉게 타오르는 불꽃 같지

그리고 너, 너는

작은 불꽃 같아

불꽃의 아이인 셈이지

너는 새벽심장의 아이

내 귀여운 작은 별이야

나는 네 아빠, 심장으로 아이를 만들었지

그러니 내 손으로 너를 묻고

내 손으로 너

네 작은 심장을

별처럼 삼킬 거야

그리하여 ▲샴족들은 말하지

우리는 새벽심장이라고

들판의 ▲샴족들은 말하지

우리는 새벽심장에서 나왔다고

우리는 하늘로 기어올라 하늘에 속하게 되었다고

고개 들어 하늘을 보고

그곳을 걷게 되었다고

서 있을 수 있게 되었다고

사실 우리는 하늘 저편을

빙빙 돌고 있는 것이라고
사실 우리는 하늘에 남아
하늘을 빙빙 돌며 걷고 있다고
우리는 하늘에 살고
둥둥 떠 있다고
결코 땅 위에 살고 있는 것이 아니라고

○ 목성을 뜻한다.

옮긴이 해제

감각의 질서를 재영토화하는 시 '듣기'

이석호

엽기적 타자: "조작된 아프리카"의 원형을 찾아서

아프리카의 역사는 "발명"된 타자의 역사이다. 콩고의 인문학자인 무딤브는 『조작된 아프리카: 영지주의, 철학, 그리고 지식의 체계』라는 입지전적인 저서에서 중세까지 유럽보다 뛰어난 문명을 구축했던 아프리카가 어떤 과정을 거쳐 "야만적 타자"로 "조작" 혹은 "발명"되었는지를 문헌학적으로 입증한다.[1] 그는 아프리카를 엽기적 타자로 조작하는 데 공헌한 유럽의 여러 학문을 총체적으로 재검토하면서 특별히 1960년대 이전의 인류학과 종교학 그리고 철학을 주목한다. 먼저, 60년대 이전의 인류학은 유럽식 근대의 아프리카 진출이 전방위적으로 본격화되는 제1차 세계대전 이후로 문자 중심의 문학이 연착륙하지 못했던 아프리카의 문단을

---

1. V. Y. 무딤브 지음, 이석호 옮김, 『조작된 아프리카: 영지주의, 철학, 그리고 지식의 체계』, 도서출판 아프리카, 2021.

직간접적으로 대변한다. 이 과정에서 아프리카는 유럽 문명의 타자(슈바이처의 용어를 빌리면 "먼 친척")로 화석화된다. 초기 인류의 출현 이후 유럽은 진화의 사다리를 성공적으로 넘어 그 절정에 섰지만, 아프리카인들은 여전히 "야수", "반인반수", "키메라", "칼리반", "부시먼" 등과 같은 "괴물"의 수준을 넘어서지 못했다는 것이다. 아프리카를 소위 진화의 변증법이 멈춘 대륙으로 간주한 것이다. 한편, 기독교로 대변되는 유럽의 종교학 혹은 선교학은 아프리카 대륙 일반을 개종 혹은 갱생의 대상으로 바라보면서 복음을 통해 구원해야 할 "이교도"로 재현한다. 다시 말해, 아프리카를 "원죄"와 "타락"의 땅으로 반추한 것이다. 이와 동시에, 유럽의 철학은 아프리카를 근대 이성이 출현하지 못한 곳으로 성찰하면서 스피노자적 의미의 "정념"이 지배하는 곳이라고 단언한다. 아프리카에서 철학과 과학적 사유가 탄생하지 못한 이유를 "이성의 간지"가 부재한 데서 찾았던 것이다. 그 결과로 미신과 마술 그리고 주술과 제사가 넘쳐나는 "덤불 사회"[2]가 되었다는 것이다.

칼리반부터 사라 바트만을 거쳐 '부시먼'까지

아프리카인을 서구인의 불량한 타자로 가장 과격하게

2. '부시먼'의 어원은 '덤불bush'에서 기원했다.

형상화한 대표적인 인물 중의 하나는 셰익스피어이다. 그는 『템페스트(폭풍우)』라는 희곡에서 아프리카인 및 카리브인을 '덤불 속 인간', 즉 '부시먼'을 연상시키는 칼리반이라는 인물로 형상화하여 대항해 시대의 유럽이 마주한 최초의 "호모 사케르"로 묘사했다. 그와 동시대를 살았던 몽테뉴가 아프리카인을 "고상한 야만인"으로 상찬했던 것에 비하면 셰익스피어는 대단히 보수적인 인종관을 가지고 있었다. 셰익스피어 사후에 남아프리카 희망봉에 진출한 네덜란드의 보어인들은 그곳에서 직면한 그다지 '낯설지 않은 타자'인 산San인(부시먼)을 칼리반의 자리에 환치한다. 유럽인들과 신체적으로 큰 변별성을 보인 산인들이 '그다지 낯설'어 보이지 않았던 이유는 셰익스피어의 칼리반을 통해 학습한 기시감 때문이었다. 17세기에 접어들어 서유럽의 인도양 진출이 본격화되자 인도양의 전략적 요충지에 위치하고 있던 남아프리카의 산인들은 유럽인들의 시선에 이런저런 형태로 '낯익은 공포Uncanny'를 제공하는 혐오의 대상으로 전락했다. 이후 계몽주의와 혁명의 시대를 거쳤음에도 불구하고, 유럽은 산인들을 동종의 인간으로 보지 않고 그들에게서 호모 사피엔스의 종적 지위를 박탈한 후 그들을 이국의 동식물이 전시된 곳에 나란히 두고 '인종 전시'를 감행한다. 그 희생자가 바로 '사라 바트만'이다. 사라 바트만은 '코이Xhoi'와 '산'의 혼혈인으로 스무 살에 유럽으로 끌려가 런던과 파리에서 인종 전시를 당했던 비극적인 여인이다. 사라 바트만의 신체는 진화론과 우생학의 출현에 과학적 동력을 제공하게 되고, 이후 대서양을 건너 미국 땅에서 새로운 엽기적 타자로 거듭난다. 남북전쟁기의 짐 크로와 민스트럴 쇼에 등장하는 흑인 배우가 미국식으로 은유·환유화한 왜곡된 아프리카인 상이다. 이러한 왜곡의 절정은 〈부시먼〉이라는 영화를 통해서 극대화된다. 영화의 원제인 〈신은 틀림없이 미쳤을 거야!〉가 암시하듯, 하늘에서 떨어진 콜라병을 신으로 모시는 부시먼을 문명의 바깥에 존재하는 원시인으로 전형화한 이 영화는 레비스트로스류의 구조주의 인류학이 "슬픈 열대"인을 대상으로 취한 최소한의 인간적인 예의마저 가볍게 폐기한다.

"별들은 여름에 수군대는 걸 좋아해"

"덤불 속 인간"인 부시먼들은 졸지에 노예의 신분으로 대서양을 건너 아메리카 대륙의 산간·도서로 흩뿌려진 "슬픈 열대"인들과는 다른 방식으로 환란의 시기를 견뎌야 했다. 최소한 그들은 구석기 시대부터 교감해왔던 사바나의 별과 달, 해, 산, 강, 돌, 바람을 등지지는 않았다. 그들은 자연물을 숭배했다. 정확히 말하면, 만물에 깃든 영을 믿었다. 유럽의 철학은 이를 샤머니즘이라 호명하며 "정신이 결여된

비인격적인 현상"³이라고 일갈했다. 샤머니즘의 핵심은 '영성spirituality'에 닿아 있다. 영성의 문제는, 야스퍼스가 "축의 시대"를 언급하며 이야기했듯이, 세계 4대 종교의 기원과 관련이 깊다. 세계 4대 보편종교의 알심에 여러 기원 혹은 원형을 제공한 조로아스터교 또한 영성의 문제를 매우 중시했다. 이 세계를 코스모스(아후라 마즈다)와 카오스(앙그라 마이뉴)의 대립으로 보는 조로아스터는 자연의 조화를 기계적인 신, 즉 데우스-엑스-마키나보다 합리적인 것으로 이해했다. 복잡다단한 여러 갈등으로 점철된 이 세상을 단 하나의 원인原因으로 환원할 수 없다고 본 것이다. 변덕스러운 카오스를 통제가 가능한 코스모스로 만들기 위해서는 제의 혹은 제사가 필요한데, 제의 혹은 제사의 목적은 만물의 영을 달래는 것이었다. 이는 산인들의 우주관과 일맥상통하는 것으로 축의 시대 이전에 등장한 고대 종교의 공통된 속성이다. 산인들의 샤머니즘은 그노시즘(영지주의)으로도 계승이 되는데, 무딤브가 날카롭게 통찰한 것처럼, 아프리카인의 영성은 그노시즘을 빼고는 설명이 불가능하다. 서구의 기독교와 과학 그리고 철학이 아프리카를 그들의 뜻대로 소위 "개량" 하는 데 실패한 이유도 그노시즘에 대한 이해의 결핍 때문이다.

『별들은 여름에 수군대는 걸 좋아해』는 채록 시집이다. 남아프리카에 살던 인류학자이자 언어학자인 블리크W. H.

---

3. 피터 왓슨 지음, 남경태 옮김, 『생각의 역사 I』, 들녘, 2009, 154쪽.

Bleek 박사는 19세기 말에 집안일을 돌보던 산인들을 대상으로 여러 이야기를 채록했다. 그중 가장 시적인 것을 선별한 채록집이자『별들은 여름에 수군대는 걸 좋아해』의 수록시를 포함한 다수의 시가 담긴 책은『부시먼 민담집』이란 이름으로 엮었다. 이 책은 엄격한 의미에서 시집이라기보다는 인류학 자료집에 가깝다. 따라서 이 시집의 가장 큰 특징은 구술성이다. 구술성은 아프리카 시의 전형적 특성으로 문자를 기반으로 한 시와는 완연하게 다른 미학적 효과를 구현한다. 시를 감상하는 행위가 '눈'의 침묵에서 '목'과 '귀'의 울림으로 감각의 영토를 변경하고 확장하기 때문이다. 서아프리카를 대표하는 가나의 시인인 코피 아니도호는『아프리카여, 슬픈 열대여』라는 시집에서 '문자 시'가 '소리 시'로 넘어가면서 벌어지는 감각의 재영토화 과정을 '목격자目擊者, eyewitness'의 영지가 사라지고 '이격자耳擊者, earwitness'의 영지가 회복되는 과정이라고 재미있게 표현한 바 있다. 구술시의 전통을 잇는 산인들 또한 문자화되어 종이 위에 인쇄된 시는 감각적으로 편협한 시일뿐만 아니라 "노래하고 춤추며 떠들고 노는, 음악성이 살아 있는 구음시의 손자 혹은 서자"[4]로 간주한다. 원초적 구술성을 상실한 채 문자화되어 "학자연하는 자들의 서재에만 얌전하게 갇혀 있는 시"는 시의 본래적 기능 중의 하나인 소통과 공감의 능력을 상실한 "죽은

---

4. 코피 아니도호 지음, 이석호 옮김,『아프리카여, 슬픈 열대여』, 도서출판 아프리카, 2012, 141쪽.

시"[5]라고 믿기 때문이다. 이런 맥락을 고려해볼 때,『별들은 여름에 수군대는 걸 좋아해』는 아프리카의 구술시 전통을 정통으로 계승하고 있다. 나는 이 시집이 한국의 문단과 독자들에게 두 가지 미덕을 선물하기를 기대한다. 하나는 미학적인 차원의 것으로 시를 향유하는 기왕의 관습을 보다 공감각적으로 확장해보는 것이다. 다른 하나는 시적 영토와 관련한 것으로 지금껏 한국인이 향유한 시적 감상의 경계를 인도를 넘어 아프리카 땅끝까지 넓혀보는 것이다.

5. 위의 책. 142쪽.

　『별들은 여름에 수군대는 걸 좋아해』에 수록된 시들을 읽는 동안 정신이 열리는 경험을 했습니다. 마치 다른 차원으로 건너가는 미끄럼틀을 탄 것 같았어요. 지금 여기가 아닌 저 너머, 아주 먼 과거로 순식간에 빨려 들었지요. 그곳에서 저는 이제 막 사냥을 배우기 시작한 어린 소년이었습니다. 아버지와 할아버지는 제게 많은 것을 가르쳐주셨습니다. 별들의 소리를 듣기 위해서는 영혼의 귀가 필요하단다. 죽음은 소멸이 아니라 부재로서 존재하는 것이며, "영혼의 인간"(「영혼의 인간」)이 "죽음으로, 다시 가져온 그 얼굴"(「새로 뜬 달님에게 바치는 노래」)을 마주하는 일이란다. 모든 것엔 생명이 깃들어 있고 모든 존재에겐 제 자리가 있단다. 보이지 않는 것을 보고 믿고 느끼는 법을 배우는 동안 키가 자라고 마음이 자랐습니다. 가슴 아픈 침략과 파괴의 역사를 관통하면서도 끝끝내 생을 용서하고 긍정하며 자연과 함께 살아가는 법을 배웠죠.

책장을 덮고 나서도 그곳에서의 날들이 잊히지 않습니다. 지금 이곳의 현실이 각박하면 각박할수록, 내 안에 영혼 같은 건 한 방울도 남지 않았다는 생각에 몸과 마음이 상해 갈수록 그 시간이 더욱 그리워집니다. 주술, 교감, 공생, 연결, 사람 같은 말들이 그 힘을 잃어가는 요즘, 동아줄을 붙잡 듯 이 시들을 붙잡습니다. 저는 이야기의 힘을 믿는 사람입니다. 입에서 입으로, 할아버지에게서 아이에게로, 과거에서 현재로 흘러왔고 흘러갈 이 이야기들이 당신의 마음에 불꽃을 일으킬 거예요. "내 신발은 이제 곧/달로 변할 거야/달처럼 빛나/숲속 어둠을 뚫고/길을 밝힐 거야/땅도 밝힐 거야/그러면 나는 집으로 돌아갈 수 있게 될 거야"(「달의 기원」) 그렇게 걸어간 길의 끝엔 밥 짓는 냄새, 환한 불빛이 새어 나오는 집, 폭력도 차별도 없는 완전한 사랑의 시간이 자리하고 있으리라는 믿음으로요.

안희연 ┃ 시인

125

별들은 여름에 수군대는 걸 좋아해
아프리카 코이산족 채록 시집

1판 1쇄 인쇄 2021년 2월 15일
1판 1쇄 발행 2021년 3월 2일

지은이 코이코이족, 산족 | 채록자 W. H. 블리크 | 옮긴이 이석호
책임편집 김지하 | 편집부 김지은 홍은비 | 디자인 워크스

펴낸이 임병삼 | 펴낸곳 갈라파고스
등록 2002년 10월 29일 제2003-000147호
주소 03938 서울시 마포구 월드컵로 196 대명비첸시티오피스텔 801호
전화 02-3142-3797 | 전송 02-3142-2408
전자우편 books.galapagos@gmail.com

ISBN 979-11-87038-66-5 03890

갈라파고스 자연과 인간, 인간과 인간의 공존을 희망하며, 함께 읽으면 좋은 책들을 만듭니다.